INHALT

William Fords Gemälde ›At the Hanging Rock‹, 1875, mit nachstehendem Detail.

Das Geheimnis vom hängenden Felsen

The Secret of Hanging Rock

JOAN LINDSAY

Das letzte Kapitel von Joan Lindsay
Mit einer Einleitung von John Taylor
Kommentar von Yvonne Rousseau

Aus dem Englischen übertragen von Gisela Knies

ETT IMPRINT

Exile Bay

ETT IMPRINT
PO Box R1906
Royal Exchange NSW 1225
Australia
ISBN 978-1-923024-18-2 (Papier)
ISBN 978-1-923024-19-9 (e-book)

Titelbild: Ein Standbild aus dem Film ›Picnic at Hanging Rock‹

Entwurf von Tom Thompson

EINLEITUNG

JOHN TAYLOR

Joan Lindsay's ›Picknick am Valentinstag‹ (Originaltitel ›Picnic at Hanging Rock‹) wurde von mehreren Millionen Menschen auf Englisch, Französisch, Spanisch und Italienisch gelesen, und auch die Filmversion sahen zig Millionen Menschen.

Die Anziehungskraft des Romans beruht vor allem auf zwei Dingen: der Art und Weise, wie er mysteriöse und unheimliche Ereignisse mit dem Bild einer mit liebevoller Nostalgie gezeichneten Zeit verband und die Tatsache, dass das Rätsel ungelöst blieb.

Die zentrale Geschichte lässt sich kurz zusammenfassen. Eine Gruppe von Schulmädchen macht sich am Valentinstag 1900 zu einem Picknick auf. Vier von ihnen verlassen die Gruppe, um den Hängenden Felsen (›Hanging Rock‹) zu erkunden. Auch eine der Lehrerinnen macht sich auf den Weg.

Als sie nicht rechtzeitig zurückkehren, wird eine Suchaktion organisiert. Das jüngste Mädchen taucht hysterisch am Hang auf, kann sich aber an fast nichts erinnern. Von den anderen drei Mädchen und der Lehrerin fehlt jede Spur. Eine Woche später wird eines der Mädchen mit ein paar Schnittwunden und Prellungen an Händen und im Gesicht auf dem Felsen gefunden, aber ihre nackten Füße sind unversehrt und sie kann sich nicht erinnern, wo sie gewesen ist.

Eine so unwahrscheinliche Handlung könnte kaum funktionieren, außer in den Händen einer Schriftstellerin von bemerkenswertem Talent. Vielleicht liegt es daran, dass wir von der Realität der Zeit, des Ortes und der Menschen überzeugt sind, dass wir das Mysterium als das akzeptieren können, was es ist. Joan Lindsay führt uns zu dem rätselhaften Schluss ihres Romans mit scharfsinniger Beobachtungsgabe, kluger Einsicht und Humor.

Wir fühlen uns dadurch nicht betrogen, denn eine solche Autorin betrügt nicht.

Es hat Versuche gegeben, das ungelöste Rätsel dahingehend zu ›erklären‹, dass es von den Geschehnissen in den Marabar-Höhlen, die in E. M. Forsters ›A Passage to India‹ (deutscher Titel ›Auf der Suche nach Indien‹) vorkommen, abgeleitet oder von ihnen inspiriert wurde, oder von einem scheinbar erfundenen Vorfall, der in einem Buch namens ›The Ghosts of Versailles‹ beschrieben wird. Es gibt keinen Beweis dafür, dass Joan Lindsay jemals eines der beiden Bücher gelesen hat. Ihre eigene Aussage war, dass ihr die Geschichte ›einfach so eingefallen‹ sei, als sie nachts wach lag, um sie dann am nächsten Tag im Eiltempo nieder zu schreiben.

Aber das, was ihr einfiel, enthielt das Ende, und obwohl wir nicht betrogen wurden, hat man uns mit dem fehlenden letzten Kapitel in die Irre geführt.

Joan Lindsay schwieg über das achtzehnte Kapitel aus Rücksicht auf ihre Verleger und die Filmemacher. Sie äußerte jedoch den klaren Wunsch, dass es nach ihrem Tod veröffentlicht werden sollte.

Vor diesem Hintergrund erscheint es absurd, dass viele Leute dafür plädiert haben, es nicht zu veröffentlichen, als ob sie es besser wüssten als die Autorin selbst, oder das Recht hätten, sich darüber hinweg zu setzen.

Aber viele Tausende von Lesern baten darum, das Geheimnis zu erfahren, und das haben sie nun mit dem Einverständnis der Autorin.

Als Joan Lindsay ihrem Verleger zuliebe zustimmte, das letzte Kapitel zu entfernen, war dies nicht die einzige Änderung, die sie vornahm.

Am Anfang des Romans befindet sich eine Notiz der Autorin: »Ob ›Picnic at Hanging Rock‹ Wahrheit oder Fiktion ist, müssen meine Leser selbst entscheiden.« Da das schicksalhafte Picknick im Jahr neunzehnhundert stattfand, und alle Figuren, die in diesem Buch vorkommen, schon lange tot sind, scheint es kaum mehr wichtig zu sein.

Aber nachdem sie diesen Text geschrieben hatte, änderte sie ihn in ›Tatsache oder Fiktion oder beides‹.

Diese Worte wurden nie aufgenommen, aber man kann über sie nachdenken.

Viele Menschen verbrachten zahlreiche Stunden damit, alte Zeitungen und Aufzeichnungen zu durchforsten, in der Hoffnung, die möglicherweise zugrunde liegenden ›Fakten‹ zu finden. Yvonne Rousseau zeigte in ihrer bemerkenswert wissenschaftlichen Parodie ›The Murders at Hanging Rock‹, dass eine erstaunliche Anzahl von ›Lösungen‹ durch die Kombination von Fakten und Fiktion plausibel wird. Sie legte den Finger auf die grundlegende Tatsache, dass das angebliche Datum des Picknicks nicht ein Samstag war, wie die Autorin behauptet, sondern ein Mittwoch. (14.2.1900)

›Picnic at Hanging Rock‹ ist bemerkenswert, weil es das einzige Werk von Joan Lindsay ist, dass überhaupt keine detaillierten Angaben enthält. Es sollte einen daher nicht überraschen, dass vieles zweideutig aufgefasst werden kann.

DER UNSICHTBARE GRUNDSTEIN

JOHN TAYLOR

Das nicht veröffentlichte Kapitel achtzehn von ›Picnic at Hanging Rock‹ wurde zum Gegenstand von viel Unfug.

Joan Lindsay schrieb es als Teil ihres Romans mit der Absicht, es zu veröffentlichen.

Ob es die Geschichte ›verdorben‹ hätte, wenn es in den Roman aufgenommen worden wäre, muss Jeder für sich selbst entscheiden. Die Leser des Verlags waren der Meinung, dass es besser weggelassen werden sollte.

Es war eine rein literarische Entscheidung, aber Historiker könnten durchaus zu dem Schluss kommen, dass sie indirekt zur Entstehung der australischen Filmindustrie, wie wir sie kennen, geführt hat. Es ist höchst unwahrscheinlich, dass es 1972 einen Ansturm auf den Kauf der Filmrechte gegeben hätte, wenn Kapitel achtzehn nicht gestrichen worden wäre. Somit legt das fehlende Kapitel den unsichtbaren Grundstein für die australische Filmindustrie.

Wie jeder erkennen kann, ist das letzte Kapitel praktisch nicht verfilmbar. Ein Film kann nur funktionieren mit dem, was Gott ihm gibt, und Gott hat ihm nicht die gleiche Elastizität gegeben die er dem Roman zugestanden hat - obwohl die Filmleute es immer wieder versuchen, wie der Boden des Schneideraumes eindrücklich zeigt.

Meiner Meinung nach, war eine der großartigsten Sequenzen, die je verfilmt wurde, die von Mrs. Appleyard, die zwischen einem wütenden Buschfeuer und einem herannahenden Gewitter auf den Hanging Rock eilt, um Selbstmord zu begehen.

Aber Gott hatte verfügt, dass man in einem Bild nur eine begrenzte Anzahl an Menschen zeigen kann, die auf einen bestimmten Felsen klettern können, und die Entscheidung des Cutters war endgültig. Was wir sahen, war nur ein Untertitel.

Zu meiner großen Überraschung gab Joan mir das Manuskript von Kapitel achtzehn im Dezember 1972.

Als Promotionsleiter ihres Verlags (Cheshire, Melbourne) hatte ich die unangenehme Aufgabe, mich mit verschiedenen Leuten auseinanderzusetzen, die versuchten, die Filmrechte zu kaufen. Es war eigentlich nicht Teil meiner Arbeit, und ich wusste wenig darüber. Letztendlich stellte ich fest, dass Pat Lovell und Peter Weir die besten Bewerber waren, und ich nahm sie mit, um Lady Lindsay in ihrem Haus in Mulberry Hill zu treffen.

Wie bei Joan üblich, entschied sie sofort, dass sie die richtigen Leute waren, und wir hätten genauso gut nach fünf Minuten wieder gehen können. Wir verbrachten jedoch einen angenehmen Nachmittag damit, uns zu unterhalten, ihre Bilder anzusehen, uns von ihr verzaubern zu lassen - eine Wirkung, die sie ohne die geringste Anstrengung oder Künstlichkeit erzeugte.

Als Verlagsprofi hatte ich das Buch natürlich nicht gelesen.

Die Leute im Verlagswesen haben selten Zeit, etwas zu lesen - eine Tatsache, die einen großen Teil der Spannungen ausmacht, die zwischen ihnen und den Autoren entstehen. Verleger bezeichnen Bücher als ›Titel‹ und kollektiv als ›Listen‹. Titellisten von Titeln sind das, worum es beim Veröffentlichen geht. Tatsächliche Druckseiten sind zu zeitaufwendig.

Ich war daher verwirrt über einen Teil des Gesprächs, in dem es um eine Art ungelöstes Rätsel ging. Ich nickte weise und sagte mir, dass ich mir besser ein Exemplar besorgen und es am Wochenende lesen sollte, was ich auch tat.

Als ich Joan das nächste Mal traf, erwähnte ich, dass mir ein paar Dinge aufgefallen waren, die nicht zusammenpassten, und dass ich einige Schlussfolgerungen gezogen hatte. »Ah.« sagte sie. »Du bist einer der wenigen Menschen, denen das aufgefallen ist.« Ich freute mich, dass ich einem kleinen Club beigetreten war.

Ein paar Monate später nahm mich Joan nach dem Mittagessen in ihrem Club mit einigen ihrer Freunde beiseite. Sie holte das Manuskript hervor und sagte: »Ich gebe es dir, weil du der Einzige bist, der das Geheimnis jemals herausgefunden hat.«

»Aber Lady .... hat mir doch gerade beim Mittagessen gesagt, dass sie das Geheimnis kennt«, protestierte ich.

»Oh, sie hat es nicht herausgefunden«, sagte Joan. »Sie hat nur genörgelt und genörgelt und ich musste es ihr sagen.« Nun, sie waren alte Freunde.

Was hatte ich herausgefunden? Nicht viel mehr, als dass einige Wörter in Kapitel drei nicht recht passen wollten - dass die Bezugnahmen auf ›rosige Rauchschwaden‹ und ›das Schlagen von fernen Trommeln‹ spätere Ereignisse vorwegzunehmen schienen und dass die Autorin ein besonderes Verhältnis zur Zeit hatte.

Wie jetzt klar ist, wurden einige Abschnitte von Kapitel achtzehn (nicht sehr fachmännisch) in Kapitel drei übertragen.

Das vom Herausgeber und Schriftsetzer verwendete Manuskript ist nicht erhalten, daher kann die Methode, nach der dies getan wurde, nicht mehr untersucht werden. Im Nachhinein betrachtet sieht es eher wie eine Arbeit mit Ausschneiden und Einfügen aus, als nach einer Neufassung des Kapitels.

(Zwischen dem Lesen des Buches und der Besprechung meiner Beobachtungen mit der Autorin versuchte ich, das Manuskript zu finden. Mir wurde gesagt, es befände sich im Lager, aber als ich danach fragte, sagte man mir, es sei zusammen mit den anderen unverkäuflichen Büchern zu den Papierverwertern gegangen, wie das von Zeit zu Zeit erfolgte.

In jenen Tagen hatten die Verleger die Vorstellung, sie seien Eigentümer der Manuskripte, die sie veröffentlichten.

Das Moorhouse-Urteil änderte diese Vorgehensweise - in diesem Fall zu spät).

Soweit ich weiß, war Joans Methode, mit der Hand zu schreiben, dann einen Entwurf zu tippen, und vielleicht einen zweiten Entwurf. Ich kenne keine erhaltenen handschriftlichen Entwürfe - sie und Sir Daryl machten Lagerfeuer mit ungewollten Papieren und Zeichnungen, und zweifellos ging die handschriftliche Fassung auf diese Weise verloren.

Kapitel achtzehn stammt aus einem maschinengeschriebenen Entwurf, der vermutlich nie überarbeitet wurde.

Das Manuskript, aus dem das Buch veröffentlicht wurde, könnte eine weitere Überarbeitung gewesen sein - allerdings weiß man nicht, wie viel davon überarbeitet wurde.

Dass sie Durchschläge des ersten maschinengeschriebenen Entwurfs anfertigte, geht aus der Tatsache hervor, dass eine Kopie von Kapitel achtzehn unter ihren Papieren auftauchte, die zusammen mit dem Inhalt von Mulberry Hill vom National Trust geerbt wurden.

In ›The Murders at Hanging Rock‹ (1980) profitierte Yvonne Rousseau bei der Arbeit an der veröffentlichten Version, wie wir sie kennen, stark von verschiedenen Anomalien, die andere übersehen hatten.

Ich habe Frau Rousseau nie getroffen und bin mir nicht sicher, ob ich das möchte - sie lässt Sherlock Holmes wie einen Amateur aussehen, und solche Leute können nervenaufreibend sein.

Wie Sherlock Holmes musste sie rückwärts arbeiten (so konstruierte Conan Doyle die Geschichten - zuerst die Lösung, dann das Rätsel).

Ohne eine Lösung, von der sie ausgehen konnte, arbeitete sie rückwärts von dem, was der Text zu sagen schien, was oft nicht dem entsprach, was die Autorin beabsichtigte.

Es ist bedauerlich, dass Frau Rousseau um das Vergnügen gebracht wurde, das ich hatte, als Erster die nicht ganz passenden Teile des dritten Kapitels zu entdecken. Zu meinem anhaltenden Bedauern habe ich 1976 einem Journalisten aus Melbourne die Stelle verraten, an der die Hinweise liegen - und die Welt hat nie das Ende seiner ›Lösung‹ erfahren.

Dennoch gebe ich Frau Rousseau alle Ehre - denn, wenn sie Holmes dilettantisch aussehen lässt, lässt sie mich schwachsinnig aussehen. Ich rate jedem, der es noch nicht getan hat ›The Murders at Hanging Rock‹ zu lesen. Fünf gleichermaßen überzeugende und völlig widersprüchliche ›Lösungen‹ für ein Mysterium zu finden, das nie ein Rätsel sein sollte (außer insofern, als Kapitel achtzehn rätselhaft ist), ist eine erstaunliche Leistung.

Fast jeder, der in Australien lebte, hörte die Geschichten, die Anfang Februar 1985 in den Medien verbreitet wurden über die ›Enthüllung‹, dass das achtzehnte Kapitel existiert.

Journalismus ist keine exakte Kunst, aber die Art und Weise, wie ein paar einfache Tatsachen in eine Menge Verwirrung verwandelt wurden, hatte fast etwas Ehrfurchtsgebietendes.

Ich wurde fälschlich zitiert, wie ich angeblich Dinge sagte, die ich bis zum Tod leugnen würde, unwissenschaftlichen Unsinn über ›Zeitzonen‹ erzählte und den Ansichten von Leuten, von denen ich wusste, dass sie völlig falsch lagen, zustimmte.

Der allgemeine Eindruck, dass Kapitel achtzehn entweder nicht existierte oder eine Fälschung war oder öffentliches Eigentum, das ich zu meinem eigenen Vorteil entwendet hatte, wird sich sehr wahrscheinlich in den Zeitungsarchiven halten, lange nachdem diese gegenwärtigen Worte vergessen sind.

Joan hat mir das Urheberrecht übertragen, damit ich es nach ihrem Tod (sie war zu diesem Zeitpunkt 84 Jahre alt), nach eigenem Ermessen verwenden konnte als Teil ihrer entsetzten Reaktion auf die Flut von anspruchsvollen Anfragen, die sie vor allem nach den Dreharbeiten des Films erreichten.

Jedes Mal, wenn die falsche ›Lösung‹ in einer Zeitung herausposaunt wurde, nahm die Flut zu. Da ich zu diesem Zeitpunkt ihr Literaturagent war, musste ich mich mit ihnen auseinandersetzen - indem ich einfach sagte, dass Lady Lindsay keine Lust hätte, die Angelegenheit zu diskutieren.

Obwohl sie sehr wohl wusste, dass der große Erfolg von Buch und Film viel mit dem Rätsel zu tun hatte, ›was wirklich passiert ist‹, hatte sie Momente, in denen sie wünschte, sie hätte das letzte Kapitel direkt am Anfang veröffentlicht und sich die Belästigungen erspart.

Ebenso irritiert war sie von der Frage, ob der Roman auf ›echten‹ Ereignissen beruht. Jeder Künstler ist beleidigt über die Behauptung, Kunst sei nur eine Frage der Erfassung der Realität, und weiß, dass es unmöglich ist zu erklären, wie die Vorstellungskraft nicht nur Ereignisse und Menschen, sondern auch den Künstler in ganz andere ›Realitäten‹ führen kann.

Aber darüber hinaus schien sich die Realität gegenüber Joan ein wenig anders zu verhalten. Sie konnte zum Beispiel keine Uhr tragen, weil Uhren dazu neigten stehen zu bleiben, - nicht nur bei ihr, sondern auch bei den Menschen um sie herum.

Sie hielt es für absurd, einen Ehering zu tragen - also flog ein Vogel bereitwillig zum Fenster herein und trug ihren Ring in sein Nest in einer hohen Kiefer (wo er vielleicht noch ist).

Ich weiß nicht, ob sie diese Anekdote an anderer Stelle aufgezeichnet hat, aber sie erzählte mir einmal, dass ihr Mann sie etwa 1929 nach Creswick fuhr, um mit seiner Mutter zu Abend zu essen, als Joan einen seltsamen Anblick beobachtete: ein halbes Dutzend Nonnen rannten in heller Verzweiflung über ein Feld und kletterten über einen Zaun. Ihr Ehemann sah nichts davon. Verwundert fragte sie ihre Schwiegermutter, ob es in der Gegend ein Kloster gebe. Es hatte eines gegeben, wurde ihr gesagt, aber es sei Jahre zuvor abgebrannt.

(Jahre später, in London, beklagte ihr Cousin Martin Boyd die Tatsache, dass er beauftragt wurde, einen Roman zu schreiben, aber keine Ideen hatte - nicht einmal für einen Titel: Könnte sie einen vorschlagen? ›Nonnen in Gefahr‹, sagte Joan, und das war genug.)

Angesichts dieser Realität und des Stolzes einer Künstlerin, die ein einzigartiges Werk geschaffen hat, ist es nicht verwunderlich, dass sie sich wünschte, jeder würde das das Werk so akzeptieren, wie es ist, und sie nicht weiter behelligen.

Aber eines Tages übergab sie mir weitere Briefe von Leuten, die vergeblich in alten Zeitungen recherchiert hatten, in der Hoffnung, die

›wahren‹ Ereignisse zu finden. Ich bemerkte, dass es traurig sei, dass sie so viel Zeit verschwendeten. »Ja«, sagte Joan - und dann, abwesend, »aber es ist etwas passiert«.

Ob dieses Etwas in den Zeitungen, in einer Anekdote, die sie gehört hatte, oder in den Verbindungen ihrer Phantasie mit einer anderen Welt oder Zeit geschah, ich hatte keine Ahnung - und ich wusste es besser, als sie dazu zu befragen.

Sicherlich wollte sie, dass Kapitel achtzehn erscheinen sollte. Welcher Künstler will ein einwandfreies Werk verbergen? Sie kam, glaube ich, dennoch zu dem Schluss, dass es besser wäre, wenn das letzte Kapitel nicht gedruckt wird. Sie respektierte akribisch die Interessen derer, die ihr Werk verwerteten, und war sich darüber im Klaren, dass dies möglicherweise gegen diese Interessen gewirkt hätte. Das ist jetzt nicht mehr der Fall.

Hier liegt also der bisher unsichtbare Grundstein, auf dessen Abwesenheit die australische Filmindustrie aufgebaut hat. Der Stein, den die Bauleute verwarfen, / er ist zum Eckstein geworden. (Psalm 118,22)

Möge der Heilige Valentin die Filmproduzenten und Kommissionen Australiens für das, was sie erhalten haben, wirklich dankbar machen.

Die erwähnten Personen

Miranda

Die beliebteste Schülerin am Appleyard College, hellhaarig und schlank, wie ein

›Botticelli-Engel‹

Irma Leopold

Die wohlhabendste Schülerin des Colleges, eine Erbin, mit ›vollen roten Lippen, frechen schwarzen Augen und glänzenden schwarzen Locken‹

Marion Quade

Die klügste Schülerin des Colleges, mit ›schmalen, intelligenten Zügen‹

Edith Horton

Sie ist der College-Dummkopf, ›schlicht wie ein Frosch‹, ›mit den Konturen eines überfüllten Nackenkissens‹

Miss Greta McCraw

Die Mathematiklehrerin am College, ›eine große Frau mit trockener ockerfarbener Haut und grobem, grauem Haar‹

Mrs Appleyard

Die Direktorin des Appleyard College, ›eine riesige, zielstrebige Gestalt... wie eine Galeone in vollen Segeln‹

The Hon. Michael Fitzhubert

Der englische Neffe von Colonel und Frau Fitzhubert von Lake View, ›ein schlanker, schöner Jüngling‹

Oben: Die erste Ausgabe, 1967
Unten: Joan Lindsays Schreibmaschine.

KAPITEL ACHTZEHN

JOAN LINDSAY

Jetzt ist es soweit. So wie es immer passiert ist, seit Edith Horton stolpernd und schreiend in die Ebene rannte. Und so wird es bis zum Ende der Zeit weitergehen. Die Szenerie wird niemals auch nur durch das Fallen eines Blattes oder den Flug eines Vogels verändert. Für die vier Menschen auf dem Felsen spielt es sich immer im lauen Zwielicht einer Gegenwart ohne Vergangenheit ab. Ihre Freuden und Qualen sind für immer neu.

Miranda ist Irma und Marion ein wenig voraus, als sie weiter durch die Hartriegel drängen, ihr glattes gelbes Haar schwingt locker wie Maisseide um ihre vorstoßenden Schultern. Wie ein Schwimmer, der Welle um Welle aus staubigem Grün spaltet. Ein Adler, der im Zenit schwebt, sieht ein ungewohntes Bewegen hellerer Flecken im Gestrüpp darunter und hebt ab, um höhere, reinere Lüfte zu erlangen. Endlich lichten sich die Büsche vor einer kleinen Klippe, die das letzte Licht der Sonne hält. So formt sich das Muster an einer Million Sommerabenden auf den Klippen und Gipfeln des Hängenden Felsens.

Das Plateau, auf dem sie jetzt aus dem Gestrüpp herauskamen, hatte ungefähr die gleiche Beschaffenheit wie das weiter unten gelegene - Felsbrocken, lose Steine und gelegentlich ein verkrüppelter Baum.

Büschel von gummiartigen Farnen bewegten sich schwach im dem fahlen Licht.

Die Ebene darunter war unendlich vage und weit entfernt. Als sie zwischen den kreisenden Felsbrocken nach unten spähten, konnten sie gerade noch winzige Gestalten ausmachen, die durch rosafarbene Rauchschwaden hindurch kamen und gingen. Eine dunkle Gestalt, die neben dem Glitzern des Wassers ein Fahrzeug gewesen sein könnte.

»Was machen diese Leute da unten, die wie ein Haufen fleißiger kleiner Ameisen herumkrabbeln?« Marion kam und schaute Irma über die Schulter. »Überraschend viele Menschen sind unwichtig und ohne Ziel.« Irma kicherte.

»Ich wage zu behaupten, dass sie sich für ziemlich wichtig halten.«

Die Ameisen und ihre Lichter wurden ohne weiteren Kommentar abgetan.

Irma nahm für eine kurze Zeit ein seltsames Geräusch wahr, das von der Ebene heraufkam, wie das Schlagen von weit entfernten Trommeln.

Miranda war die erste gewesen, die den Monolithen gesehen hatte - einen einzelnen Steinvorsprung, einem monströsen Ei ähnlich, der sich sanft aus den Felsen vor ihm über einem steilen Abgrund zur Ebene erhob. Irma, ein paar Schritte hinter den anderen beiden, sah, wie sie plötzlich stehen blieben, ein wenig schwankend, die Köpfe gesenkt und die Hände an die Brust gepresst, als wollten sie sich gegen einen Sturm stemmen.

»Was ist los, Marion? Ist etwas passiert?«

Marions Augen waren starr und glänzend, ihre Nasenlöcher geweitet, und Irma dachte vage, dass sie wie ein Windhund aussah.

»Irma! Spürst du es nicht?«

»Was spüren, Marion?« Kein einziger Zweig rührte sich an den kleinen vertrockneten Bäumchen.

»Den Monolithen. Er ist wie ein Magnet. Er zieht mich geradezu in sich hinein, wenn du es wissen willst.« Marion Quade scherzte selten. Irma hatte Angst, zu lächeln. Vor allem, als Miranda ihr über die Schulter zurückrief: »Auf welcher Seite spürst du es am stärksten, Marion?«

»Ich kann es nicht ausmachen. Wir scheinen auf der Oberfläche eines Kegels zu kreisen - in alle Richtungen gleichzeitig.«

Schon wieder Mathematik! Wenn Marion Quade besonders albern war, hatte das meistens etwas mit Zahlen zu tun. Irma sagte leichthin: »Klingt für mich eher nach einem Zirkus! Kommt, Mädels - wir wollen doch nicht ewig auf das große Ding starren.«

Sobald der Monolith vorüber und außer Sichtweite war, überkam alle drei eine überwältigende Schläfrigkeit. Sie legten sich in einer Reihe auf den glatten Boden eines kleinen Plateaus und fielen in einen so tiefen Schlaf, dass eine Eidechse unter einem Felsen hervorschoss und sich ohne Furcht in die Höhlung von Marions ausgestrecktem Arm legte, während mehrere Käfer in bronzenen Panzern eine gemächliche Besichtigung von Mirandas gelben Kopf unternahmen.

Miranda erwachte zuerst in einem farblosen Zwielicht, in dem jedes Detail intensiviert, jedes Objekt klar definiert und getrennt war. Ein verlassenes Nest eingezwängt in die Gabelung eines längst abgestorbenen Baumes, mit jedem Strohhalm und jeder Feder, kunstvoll geschnürt und gewebt; Marions zerrissene Musselinröcke, flatterten wie Muscheln; Irmas dunkle Locken, die sich in exquisitem, drahtigem Wirrwarr vom Gesicht abheben, die Wimpern die in kühnen Schwüngen über die Wangenknochen gezogen sind.

Alles, wenn man es nur so klar genug sehen könnte, ist schön und vollkommen. Alles hat seine eigene Vollkommenheit.

Eine kleine braune Schlange, die ihren schuppigen Körper über den Kies schleifte, machte ein Geräusch wie Wind, der über den Boden streicht. Die ganze Luft war erfüllt von mikroskopischem Leben.

Irma und Marion schliefen noch. Miranda konnte den getrennten Schlag ihrer beiden Herzen hören, wie zwei kleine Trommeln, jede in einem anderen Tempo.

Und im Unterholz jenseits der Lichtung knisterte und knackte es von Zweigen, als ob sich ein Lebewesen ungesehen durch das Gestrüpp auf sie zubewegte.

Es kam näher, das Knirschen und Knacken zerriss die Stille, als die Büsche heftig auseinandergedrückt und ein schwerer Gegenstand aus dem Unterholz fast auf Mirandas Schoß landete.

Es war eine Frau mit einem hageren, geröteten Gesicht, das von buschigen schwarzen Augenbrauen umrahmt war - eine clowneske Gestalt, gekleidet in ein zerrissenes Kattunhemd und langen Kattunhosen, die unterhalb der Knie zweier stockartiger Beine gerüscht waren und in schwarzen Schnürstiefeln steckten.

»Durch!«, keuchte der weit aufgerissene Mund, und wieder: »Durch!« Der zerzauste Kopf fiel zur Seite, die verschleierten Augen schlossen sich. »Armes Ding! Sie sieht krank aus«, sagte Irma. »Wo kommt sie denn her?«

»Leg deinen Arm unter ihren Kopf«, sagte Miranda, »während ich ihr Korsett löse.« Befreit von den einschnürenden Hüllen, den Kopf auf einen gefalteten Unterrock gebettet, wurde der Atem der Fremden regelmäßig, der angestrengte Ausdruck verschwand aus ihrem Gesicht, und bald rollte sie sich auf dem Felsen zusammen und schlief ein.

»Warum ziehen wir uns nicht alle diese absurden Kleider aus?« fragte Marion. »Immerhin haben wir genug Rippen, um uns aufrecht zu halten.«

Kaum waren die vier Korsettpaare auf den Steinen abgelegt und eine herrliche Kühle und Freiheit sich eingestellt hatte, wurde Marions Ordnungssinn gekränkt. »Alles im Universum hat seinen festen Platz, angefangen bei den Pflanzen. Ja, Irma, ich meine es ernst. Du brauchst nicht zu kichern. Sogar unsere Korsetts auf dem Hängenden Felsen.«

»Nun, du wirst keinen Schrank finden«, sagte Irma, »so sehr du auch danach suchst. Wo können wir sie unterbringen?«

Miranda schlug vor, sie über den Abgrund zu werfen.

»Gib sie mir.«

»In welche Richtung sind sie gefallen?« wollte Marion wissen. »Ich stand direkt neben dir, aber ich konnte es nicht sehen.«

»Du hast sie nicht fallen sehen, weil sie nicht gefallen sind.« Die präzise krächzende Stimme drang ihnen wie eine Trompete aus dem Mund der Clownsfrau auf dem Felsen entgegen, die jetzt aufrecht saß und vollkommen erholt wirkte. »Mädchen, ich denke, wenn du deinen Kopf nach rechts drehst und ungefähr auf Hüfthöhe schaust« ... Sie drehten alle ihre Köpfe nach rechts, und da waren tatsächlich die Korsetts, die wie eine Flotte kleiner Schiffe in der windstillen Luft trieben.

Miranda hatte einen abgestorbenen Ast aufgehoben, der lang genug war, um sie zu erreichen, und peitschte nach den dummen Dingern, die scheinbar am Hintergrund der grauen Luft klebten.

»Lass es mich versuchen!« sagte Marion. Schlag zu! Schlag zu! »Sie müssen feststecken in etwas, das ich nicht sehen kann.«

»Wenn du meine Meinung hören willst«, krächzte die Fremde, »sie stecken fest in der Zeit. Du mit den Locken - was starrst du mich so an?« »Ich wollte nicht starren. Nur als Sie das mit der Zeit sagten, hatte ich so ein komisches Gefühl, dass ich Sie irgendwo getroffen habe. Vor langer Zeit.«

»Alles ist möglich, solange es nicht als unmöglich erwiesen wird. Und manchmal sogar dann.« Die kratzige Stimme hatte einen überzeugenden Klang von Autorität.

»Und nun, da wir auf einer Ebene gemeinsamer Erfahrungen zusammengeworfen zu sein scheinen - ich habe keine Ahnung, warum - darf ich Eure Namen erfahren? Ich habe anscheinend mein eigenes Sein irgendwo da drüben vergessen.« Sie deutete auf die leere Wand aus Gestrüpp. »Macht nichts. Ich merke, dass ich auch eine ganze Menge Kleidung abgelegt habe.

Wie auch immer, hier bin ich. Der Druck auf meinen physischen Körper muss sehr stark gewesen sein.« Sie fuhr sich mit der Hand über die Augen und Marion fragte mit einer seltsamen Demut: »Schlagen Sie vor, wir sollten weitergehen, bevor das Licht verblasst?«

»Für eine Person Deiner Intelligenz - ich kann ihr Gehirn ganz deutlich sehen - bist du nicht sehr aufmerksam. Da es hier keine Schatten gibt, kann sich auch das Licht nicht ändern.«

Irma sah besorgt aus. »Ich verstehe das nicht. Bitte, heißt das, wenn es Höhlen gibt, sind sie mit Licht oder Dunkelheit gefüllt? Ich habe Angst vor Fledermäusen.«

Miranda strahlte. »Irma, Liebling - verstehst du denn nicht? Es bedeutet, dass wir im Licht ankommen!«

»Ankommen? Aber Miranda ... wohin gehen wir?«

»Das Mädchen Miranda hat recht. Ich kann ihr Herz sehen, und es ist voll von Verständnis. Jedes Lebewesen ist dazu bestimmt, irgendwo anzukommen. Wenn ich auch sonst nichts anderes weiß, das wenigstens weiß ich.« Sie war aufgestanden und einen Moment lang erschien sie ihnen fast wunderschön. »Eigentlich glaube ich, dass wir ankommen. Jetzt.« Ein plötzlicher Schwindel ließ ihr ganzes Wesen wie einen Kreisel drehen. Es ging vorbei, und sie sah das Loch vor sich.

Es war kein Loch im Felsen oder im Boden. Es war ein Loch im Raum von der Größe eines vollen runden Sommermondes, kommend und gehend. Sie sah es so, wie Maler und Bildhauer ein Loch sehen, als ein Ding an sich, das anderen Formen Gestalt und Bedeutung verleiht. Als eine Anwesenheit, nicht als Abwesenheit - eine konkrete Bejahung der Wahrheit. Sie hatte das Gefühl, sie könnte es ewig mit Staunen und Entzücken betrachten, von oben, von unten, von der anderen Seite. Es war so fest wie die Weltkugel, so durchsichtig wie eine Luftblase. Eine Öffnung, leicht zu durchqueren, und doch lag nichts dahinter.

Sie hatte ein ganzes Leben damit verbracht, Fragen zu stellen, und jetzt wurden sie beantwortet, indem sie einfach in das Loch schaute. Es verschwand, und endlich hatte sie ihren Frieden gefunden.

Die kleine braune Schlange war wieder aufgetaucht und lag neben einem Riss, der irgendwo unter dem unteren von zwei riesigen, übereinander balancierenden Felsblöcken verlief. Als Miranda sich bückte und ihre exquisit gemusterten Schuppen berührte, schlängelte sie sich in ein Gewirr aus riesigen Ranken davon.

Marion kniete neben ihr nieder und gemeinsam begannen sie, den losen Kies und die verhedderten Seile der Ranken zu entfernen.

»Es ging dort runter. Schau Miranda - durch diese Öffnung.« Ein Loch - vielleicht der Rand einer Höhle oder eines Tunnels, umrandet von gequetschten, herzförmigen Blättern.

»Ihr seid sicher einverstanden, dass ich zuerst eintreten darf?«

»Eintreten?«, sagten sie und blickten von dem schmalen Rand der Höhle auf die breiten, kantigen Hüften.

»Ganz einfach. Du denkst in linearen Maßen, Mädchen Marion. Wenn ich dir das Signal gebe - wahrscheinlich ein Klopfen auf den Felsen - kannst du mir folgen, und das Mädchen Miranda kann dir folgen. Ist das klar verständlich?" Das gerötete Gesicht strahlte.

Bevor jemand antworten konnte, legte sich der langknochige Torso flach auf dem Boden neben dem Loch und verwandelte sich absichtlich zu einer Kreatur, die geschaffen wurde, um unter der Erde zu kriechen und zu graben. Die dünnen Arme, hinter dem Kopf mit den hellen, starrenden Augen gekreuzt, wurden zu den Zangen einer riesigen Krabbe, wie sie in schlammigen Flussbetten leben. Langsam schleppte sich der Körper Zentimeter für Zentimeter durch das Loch.

Zuerst verschwand der Kopf, dann zogen sich die Schulterblätter zusammen; die Rüschenhosen, die langen schwarzen stockartigen Beine, die wie ein Schwanz zusammengeschweißt sind und in zwei schwarzen Stiefeln enden.

»Ich kann das Signal kaum erwarten«, sagte Marion. Als bald darauf ein Klopfen unter dem Felsen zu hören war, stieg sie mit dem Kopf voran ein und glättete ihr Hemd, ohne einen Blick zurückzuwerfen. »Als Nächste bin an der Reihe«, sagte Miranda. Irma sah Miranda an, die neben dem Loch kniete, ihre nackten Füße waren in Weinblättern gebettet - so ruhig, so schön, so unerschrocken.

»Oh, Miranda, liebste Miranda, geh nicht da runter - ich habe Angst. Lass uns nach Hause gehen!«

»Nach Hause? Ich verstehe das nicht, mein kleiner Schatz. Warum weinst du denn? Hör doch! Ist das Marion, die klopft? Ich muss gehen.« Ihre Augen leuchteten wie Sterne. Das Klopfen kam wieder. Miranda zog ihre langen, schönen Beine hinter sich her und war verschwunden.

Irma setzte sich auf einen Felsen und wartete. Eine Prozession von winzigen Insekten schlängelte sich durch eine Wildnis aus trockenem Moos. Woher waren sie gekommen? Wohin gingen sie? Wo wollte irgendjemand hin? Warum, oh warum, hatte Miranda ihren hellen Kopf in ein dunkles Loch im Boden gesteckt? Sie blickte zum farblosen grauen Himmel hinauf und auf die tristen, gummiartigen Farne, und schluchzte laut auf.

Wie lange starrte sie auf den Rand der Höhle, starrte und lauschte darauf, dass Miranda auf den Felsen klopfte? Lauschen und Starren, Starren und Lauschen.

Zwei oder drei Rinnsale losen Sandes prasselten auf den unteren der beiden großen Felsbrocken hinunter auf die flachen, nach oben gerichteten Blätter der Weinrebe.

Langsam neigte sich der Felsblock nach vorne und sank mit einer unheimlichen Präzision direkt über das Loch.

Irma hatte sich auf die Felsen gestürzt und riss und schlug mit ihren bloßen Händen gegen die körnige Oberfläche des Felsens. Sie war schon immer geschickt im Sticken gewesen. Es waren hübsche kleine Hände, weich und weiß.

ENDE

Joan Lindsay im Jahre 1925.

Picnic a Hanging Rock

un film di **PETER WEIR**
con Rachel Roberts - Dominic Guard - Helen Morse
Jacki Weaver - Anne Lambert
Prod. Mc Elroy (Australia)

EIN KOMMENTAR ZU KAPITEL ACHTZEHN

YVONNE ROUSSEAU

Joan Lindsay vereinbarte mit ihrem Herausgeber, dass Picnic at Hanging Rock ohne das ursprüngliche Kapitel achtzehn veröffentlicht werden sollte. Um den Informationsverlust auszugleichen, mussten Änderungen am ursprünglichen Kapitel drei vorgenommen werden, in dem die Mädchen auf dem Felsen aus dem Blickfeld verschwanden. Als zufälliges Ergebnis dieser Änderungen wurden der Szene eine weitere Steigung und ein Gürtel aus Hartriegelgewächsen hinzugefügt. Dies erschwerte den Besuchern des Hanging Rock, die den im Buch beschriebenen Weg nachzeichnen wollten, die Arbeit. Ein Notizbuch und ein Bleistift die Marion gehörten, wurden ebenfalls hinzugefügt, nur um in einige Farne in der Nähe des Monolithen geworfen und nie wieder gefunden zu werden, auch nicht von dem Suchhund der Polizeihundestaffel.

In beiden Fassungen werden Irma, Marion und Miranda von Edith Horton begleitet, einem jüngeren Mädchen, das als Schulschwachkopf bekannt ist und den Felsen für böse hält. Rekonstruiert man das ursprüngliche dritte Kapitel unter der Annahme, dass möglichst wenige Änderungen vorgenommen worden waren, dann entscheiden sich die Mädchen in beiden Fassungen dafür, sich auf einer fast kreisrunden Plattform im Schatten auszuruhen. In beiden Fassungen wird ihre Erfahrung an dieser Stelle seltsam. Die drei älteren Mädchen ziehen ihre Schuhe und Strümpfe aus, und Irma tanzt barfuß auf den Steinen. Sie ist immer noch barfuß, als sie acht Tage später auf dem Felsen gefunden wird, aber ihre Füße sind ›tadellos sauber‹ und ›in keiner Weise zerkratzt oder verletzt‹ (1).

Somit ist der Felsen in gewisser Weise von diesen Menschen isoliert worden; sein Staub wird durch ihre Bewegung nicht aufgewirbelt, seine Steine werden durch nichts, was sie tun, umgeworfen oder mit Blut befleckt. Aber nur das lebendige Fleisch scheint auf diese Weise abgesondert zu sein. In beiden Versionen werden die toten Pflanzenfasern des Musselins und Kattuns der Mädchen von den Hartriegelsträuchern zerrissen, obwohl wir davon ausgehen können, dass ihre Gesichter und Hände ebenso wie ihre Füße nicht zerkratzt werden.

Nach dem Tanzen gingen Miranda und Marion barfuß die die nächste kleine Anhöhe hinauf. Edith macht Irma auf ihre Verrücktheit aufmerksam. Irma lacht nur, schlingt sich ihre Schuhe und Strümpfe um die Taille und geht hinter den beiden her. In der Originalfassung wird Edith hier ihren letzten Versuch unternommen haben, sie zurückzurufen. Sie fragt Miranda: »Wann gehen wir nach Hause?« Aber Miranda schaut sie nur seltsam an, als würde sie sie nicht sehen, dann dreht sie sich um und führt die beiden anderen die Anhöhe hinauf.

Edith sieht, wie sie ›barfuß über die Steine gleiten, als wären sie auf einem Teppich im Salon.‹ (2)

Halb versteinert krächzt sie mehrmals Mirandas Namen, während diese sich zwischen den Hartriegelbäumen außer Sichtweise bewegt, bis sie ›den letzten Rest eines weißen Ärmels sieht, der die Büsche vor sich teilt‹. Eine ›schreckliche Stille‹ breitet sich aus und Edith beginnt zu schreien. Sie rennt, immer noch schreiend, zurück in die Ebene; und die Autorin versichert uns, dass ihre Schreie nur von einem Wallaby in der Nähe gehört werden.

In der veröffentlichten Fassung werden aus der kleinen Anhöhe mit den Hartriegelbäumen zwei Anhöhen und zwei Reihen von

Hartriegelbäumen. Zwischen dem Appell an Irma und der Ansprache an Miranda wurde ein Teil des Materials aus Kapitel achtzehn eingefügt und verändert. Diesmal stapft Edith weiter hinter den anderen her.

Sie ist dabei, als Irma auf die Ebene hinunterblickt und ›rosigen Rauch oder Nebel‹ und einige Menschen sieht, die so weit entfernt sind, dass sie wie Ameisen aussehen. (3)

Auch Edith schläft mit den anderen ein; aber in der veröffentlichten Version - dem geänderten dritten Kapitel - schlafen sie auf dem Plateau, wo der Monolith steht, statt auf dem nächsten Plateau, in der Nähe der Balancierenden Felsen. Als sie aufwachen, richtet Edith ihren letzten Appell an Miranda, mit demselben Ergebnis wie in der Originalfassung. Aber die Topographie ist jedoch seltsam durcheinander geraten - die drei älteren Mädchen bewegen sich auf eine Anhöhe hinauf und in ein Gebüsch, aber gleichzeitig auch ›außer Sichtweite hinter dem Monolith.‹ (4)

Kapitel achtzehn gehört zur Originalfassung, in der Edith weggelaufen ist, ohne weiter als bis zur Plattform zu gehen, auf der Irma tanzte. Ein Adler schwebte am Himmel, als die drei anderen Mädchen sich dem Monolithen nähern - so wie vierzig Tage später ein Adler darüber schweben wird, wenn sich Frau Appleyard (die Direktorin des Colleges) über einen Abgrund in der Nähe des Monolithen in den Tod stürzt. Edith rennt zurück in die Ebene, und auf dem Weg sieht sie (in der Ferne) die 45 jährige Mathematiklehrerin der Schule, die ebenfalls bergauf geht und nur mit ihrer Unterwäsche bekleidet ist. Direkt danach blickt Edith durch einige Äste nach oben und sieht etwas, das sie als ›eine komische Art von Wolke‹ von ›unangenehmer roter Farbe‹ beschreibt. (5)

Als Edith weg ist, schreibt Joan Lindsay (im ersten Absatz von Kapitel achtzehn) über ›vier Leute auf dem Felsen‹. Damit sind Miss McCraw, Miranda, Marion und Irma gemeint. Wir wissen, dass Irma, die Erbin, vom Felsen zurückkehrt, und später als Gräfin lebt, deren Grübchen (wenn sie lächelt) international berühmt sind.

Daher hat Joan Lindsays Versicherung, dass die Ereignisse am Hanging Rock für Irma und die anderen drei, die ›bis zum Ende der Zeit‹ weitergehen, keine einfache Bedeutung. Meine eigene Interpretation ist, dass am Ende von Kapitel achtzehn die anderen drei tot sind; so wie auch Irma tot sein wird - lange vor ›dem Ende der Zeit‹. Im letzten Kapitel deutet nichts darauf hin, dass die vier eines Tages wieder lebend auf dem Felsen auftauchen könnten.

Bereits beim Schreiben von ›The Murders at Hanging Rock‹ habe ich mich mit dem Problem der Interpretation der in der veröffentlichten Version von ›Picnic at Hanging Rock‹ beschriebenen Ereignisse auseinandergesetzt. Meine fünf verschiedenen Interpretationen waren jeweils so überzeugend wie möglich und mit detaillierten Beweisen aus dem Buch untermauert.

Aber jede von ihnen widersprach den anderen, weil jede auf einer anderen Meinung über das Universum, in dem wir leben, beruhte. Das eine Extrem war die Welt der magischen und religiösen Hermetik, das andere die Welt der materialistischen Wahrheitssuche. Kapitel achtzehn wirft ein ähnliches Interpretationsproblem auf, aber dieses Mal werde ich nicht mehr Joan Lindsays Behauptung unterstützen, dass die Lösung des Rätsels unwichtig ist. Vielmehr werde ich nach einer Weltanschauung suchen, die das Kapitel in sich schlüssig macht. Dadurch wird klargestellt, was tatsächlich passiert und wie das Kapitel mit dem Rest des Buches zusammenhängt. Die Ereignisse in Kapitel achtzehn werden fast ausschließlich aus der Sicht von Irma gesehen und Irma ist sowohl von einigen der Sinneseindrücke ihrer Mitschülerinnen als auch von deren Verständnis dessen, was passiert, ausgeschlossen. Sie teilt jedoch deren Unfähigkeit, Miss McCraw zu erkennen - eine Unfähigkeit, die sich nicht damit erklären lässt, dass niemand aus der Schule die Lehrerin je zuvor spärlich bekleidet und ohne ihre Brille gesehen hat.

Edith kann dieselbe Erscheinung leicht an ihrer eigentümlichen Form erkennen - und vertraut mir an, dass »Irma Leopold mir einmal sagte, ›die McCraw hat genau die gleiche Form wie ein Bügeleisen‹ «. (6)

Irma selbst hat den Gebrauch dieser früheren Wahrnehmung verloren.

Die ›Clown-Frau‹ (die der Leser als Miss Greta McCraw kennt) wird von den drei Mädchen als ›Fremde‹ angesehen, und sie behauptet, weder ihren eigenen Namen noch die Namen der Mädchen zu kennen (obwohl wir bemerken, dass sie beim letzten Mal den Namen des ›Mädchens Marion‹ verwendet, ohne ihn von den anderen gehört zu haben). Irma, Marion und Miranda haben keine Schwierigkeiten, sich die Namen der anderen zu merken. Was ihre Begleiterin betrifft, so werde ich einen Kompromiss zwischen ›Greta McCraw‹ und ›Clownsfrau‹ eingehen und sie in Zukunft ›die McCraw‹ nennen.

Die Konversation ähnelt den Gesprächen in Lewis Carrolls ›Through the Looking Glass‹ - die drei Mädchen spielen die Rolle einer Alice, die zu Besuch kommt, während die McCraw orakelhafte Äußerungen macht wie ein Ureinwohner. Letztendlich ist jedoch Irma allein die Alice, die Fremde. In dieser Region wird Irmas Anwesenheit (wie es scheint) nur aufgrund der starken Zuneigung zwischen ihr und Miranda gelitten. Irma willigt ein, ihr elegantes französisches Satinkorsett über eine Klippe zu werfen, nicht weil sie das neue Bewußtsein von Marion und Miranda teilt - nicht, weil sie die Welt vergessen hat, die sie später ›Zuhause‹ nennt, - sondern weil sie frivol veranlagt ist und wirklich sorglos mit ihren teuren Habseligkeiten umgeht. Sie hat keine Ahnung, wo die anderen voraussichtlich ›ankommen‹ werden, geht aber davon aus, dass sie mit ihnen geht, weil Marion und Miranda ihre Freundinnen sind. Sie scheint nicht zu bemerken, dass niemand sie in den Plan mit einbezieht, das Loch zu betreten.

Ohne Michael Fitzhuberts Eingreifen hätte sie womöglich ewig fassungslos draußen gewartet.

Hier werden drei verschiedene Regionen eingerichtet. Irmas Bestrebungen und Interessen gründen in der ersten von ihnen - die Welt, die wir alle kennen. Die zweite ist die Region des ›farblosen Lichts‹, wo Ediths Schreie unhörbar sind und die McCraw keinen Namen hat. Die dritte Region ist die ultimative Erfahrung, ›das Licht‹, in das Irmas Gefährtinnen eintreten können.

Die beiden überirdischen Regionen könnten mit okkulten Begriffen (die Astralebene und Reinkarnation) oder religiös (zum Beispiel Fegefeuer und Paradies) übersetzt werden. Wenn wir uns jedoch an McCraws Meinung erinnern, dass Korsetts ›schnell in der Zeit stecken bleiben‹, ist ein wahrscheinlicheres Modell das von P. D. Ouspensky, der die Zeit als zwei zusätzliche Dimensionen betrachtet, die wir nicht wahrnehmen. Die erste dieser zusätzlichen Dimensionen wird als ›das ewige Jetzt‹ eines jeden Augenblicks beschrieben; die zweite zusätzliche Dimension ist die Summe aller Möglichkeiten. Ouspensky schreibt, dass, ›wenn wir versuchen, die drei Koordinaten der Zeit zu einem Ganzen zu vereinen, wir eine Spirale erhalten werden‹. (7)

Am Monolithen fühlen sich Marion und Miranda von Kräften gezogen, die in Form einer Spirale wirken – gleich einem Magneten, dessen Ursprung aus dem Monolithen stammt, aber eine andere Ausrichtung hat als die vertikalen Spiralen, die Wünschelrutengänger an anderen Monolithen wahrgenommen haben. Irma spürt die Kraft nicht, und die Zweige der nahegelegenen Bäume werden von ihr nicht bewegt; wir müssen annehmen, dass die Kraft nur auf Personen mit anfälligem Bewusstsein einwirkt und sie in einen Zustand versetzt, der den beiden überirdischen Regionen entspricht, die mit dem verbunden sind, was ich jetzt Zeit zwei und Zeit drei nenne - die Namen, die J. B. Priestley in seiner Adaption von Ouspenskys Modell verwendet.

Priestley schlägt vor, dass wir nach unserem physischen Tod unsere Aufmerksamkeit auf die zweite Zeit konzentrieren, die ›zunächst wie eine unkontrollierbare Traumwelt erscheinen mag, durch die unser Bewusstsein wandert wie Alice auf der anderen Seite des Spiegels‹. (8)

Diese Zeit wird ›alle Empfindungen, Gefühle und Gedanken enthalten, die uns aus unserem Leben in der ersten Zeit geblieben sind‹, und die Erfahrungen dort werden teilweise dem Fegefeuer ähneln. (9)

Jenseits der Läuterung, schreiten wir zur Zeit drei - weißes Licht und das Aufgeben der individuellen Persönlichkeit. Während unseres Lebens sind sich einige von uns nur unserer ›Zeit-eins-Existenz‹ bewusst, obwohl Priestley behauptet, dass unser vollständiges Selbst immer auch in den beiden anderen Zeiten existiert. Marion und die McCraw, mit ihrer

Hingabe an die reine Mathematik - Miranda mit ihrer philosophischen Neigung - sind sich der abstrakten Existenz eindeutig stärker bewusst als die leichtfertige Irma.

Der erste Absatz von Kapitel achtzehn ist der Grund dafür, Zeit zwei mit der Szene der seltsamen Erfahrungen zu identifizieren, an die sich Irma später nie mehr erinnert. Marion, Miranda, Irma und die McCraw haben diese Region betreten, ohne tot zu sein; daher hat ihr ›Zeit-eins-Bewusstsein‹ weiter funktioniert, nicht in der physischen Welt, wie es normalerweise der Fall ist, sondern in der Region dessen, was Ouspensky ›ewiges Jetzt‹ genannt hat. Diese Anomalie macht es vermutlich unmöglich das ›ewige Jetzt‹ dieser besonderen Momente zu verändern (während Priestley propagiert, dass wir möglicherweise das ›Jetzt‹ von normaleren Momenten ändern können, nachdem wir gestorben sind). Das ›Zeit-eins-Bewusstsein‹ ist in hier fehl am Platz, der Tod des physischen Körpers kann ihm nichts anhaben, da das ›Zeit-eins-Bewusstsein‹ normalerweise ausgelöscht wird.

Die Erfahrung besteht also unabhängig in der zweiten Zeit fort, obwohl das Bewußtsein, zu dem sie gehören sollte, in die dritte Zeit vorgedrungen sein kann oder in der physischen Welt wieder bewusst wird. Dies erklärt, warum die Geschehnisse auf dem Felsen als unveränderlich und als in ›einer Gegenwart ohne Vergangenheit‹ existierend bezeichnet werden. Die Vergangenheit, die ihnen fehlt, ist die Existenz in der physischen Welt.

Diese Interpretation ist beeindruckend verwirrend, aber sie wirft die sehr einfache Frage auf, wie die Mädchen und die McCraw in dieser Region physisch präsent sein können. Selbst wenn die Menschen sich diese zusätzlichen Dimensionen der Zeit so vorstellen, als ob sie wirklich Raum wären (in legerer Verkleidung), erwarten sie nicht, dass sie von etwas Größerem als dem Bewusstsein besucht werden können. Dasselbe gilt, wenn Okkultisten sich die Astralebene vorstellen; der physische Körper muss woanders bleiben. Aber in ›Picnic at Hanging Rock‹ haben auch die physischen Körper die Alltagswelt verlassen.

Bevor ich eine Erklärung dafür vorlege, werde ich einige andere Ausführungen kurz verwerfen. Kapitel achtzehn zeigt, dass die verlorenen Menschen keine unerwartete Richtung eingeschlagen haben und sich so in einem höherdimensionalen Raum befinden. Zum einen erleben sie keinen der merkwürdigen visuellen Effekte, die mit einem solchen Erlebnis üblicherweise verbunden sind. Es gibt auch keine Rechtfertigung für gedankenloses Gerede von Menschen, die von der Gravitationskrümmung der Raumzeit gehört haben und deshalb einen geheimnisvollen Gravitationseffekt im Zusammenhang mit dem Felsen postuliert haben.

Jeder Gravitationseffekt, der extrem genug wäre, um das Verschwinden der Picknicker zu erklären (z. B. ein kurzlebiges kleines schwarzes Loch), hätte so unangenehme weitere Auswirkungen - nicht nur auf die vermissten Mädchen und die Lehrerin, sondern auch auf den Felsen und seine Umgebung - es würde dann keinen Felsen mehr geben, der hinterher durchsucht werden könnte, und keine Picknickplätze, noch irgendwelche picknickenden Schulkameraden, die Seltsames kommentieren. Ähnliche Einwände gelten für die Vorstellung, dass die von Irma und Edith beobachtete Rosafärbung durch Schwerkraft verursacht sein könnte, die stark genug ist, um die Wellenlänge des Lichts zu verändern.

Meine eigene Erklärung der offensichtlichen Anomalien in Kapitel achtzehn wird sich auf das Modell der australischen Aborigines des Übernatürlichen berufen - das im Englischen als ›das Träumen‹ übersetzt wird. Nach europäischer okkultistischer Auffassung kann der Körper eines Menschen in Trance liegen oder träumen, während das Bewusstsein für andere unsichtbar in astraler Form umherzieht. Auf die gleiche Weise können wir annehmen, dass die australische Landschaft einen Astralkörper hat, der für ihre Träume verwendet werden kann, und dass die Menschen und Ahnen, die in Traumlegenden erscheinen, sich im astralen Bewusstsein der Landschaft, der ›Traumzeit‹ bewegen, nachdem sie von ihrem physischen Bewusstsein getrennt wurden. Dies ist nun der Fall für die Mädchen und die McCraw. Während sie im astralen oder träumenden Bewusstsein der Landschaft verbleiben, sind sie nur virtuelle Wesen; sie haben keine physische Realität, ebenso wenig wie ihre seltsam beleuchtete Umgebung.

Im Kapitel ›Bush Retribution‹ von ›The Murders at Hanging Rock‹ zitiere ich Jungs Offenbarung, dass ›gewisse australische ›Primitive‹ behaupten, man könne fremden Boden nicht erobern, weil dort seltsame Ahnengeister wohnen, die sich in Neugeborenen reinkarnieren‹. Dies deutet darauf hin, dass Miranda und Marion in ihrer Unwissenheit jeweils die menschliche Inkarnation eines australischen Ahnen sind, für den in Mirandas Fall die Käfer eine weitere Form der Inkarnation sind, während Marion eine Eidechse als Totem hat. (Wir kennen ihre Totems, weil eine Eidechse sich Marion im Schlaf nähert, während Bronzekäfer entweder um Mirandas Kopf herumwandern - in Kapitel achtzehn - oder über ihren Knöchel kriechen - im veränderten Kapitel drei). In der Traumlegende, die von dem Picknick-Abenteuer erzählt, können wir vermuten, dass ein vorbeifliegender Adler eine Schlammkrabbe dort fallen ließ, wo die Eidechse und die Käfer schliefen. (Die Legende würde erfordern, dass die Krabbe aus der Ferne getragen wurde, da der Ahnengeist von der McCraw piktisch (Anmerkung: schottisch) wäre und nicht australisch.) Wie das Kapitel ›Bush Retribution‹ andeutete, verhindert Innas Jüdischsein, dass sie ein Totem hat, und erklärt vielleicht auch die abschließende Betonung der Tatsache, dass ihre ›weichen‹ kleinen Hände ›weiß‹ sind: Vielleicht definiert dies sie erneut als Nicht-Ureinwohnerin - eine Fremde, eine Ausländerin.

Die Träume unserer Landschaft sind seltsam, und sie verkomplizieren die die ohnehin schon traumhafte Natur von Zeit zwei, die ein Teil von ihnen ist. Eine rosa Wolke (oder rosa Rauch) wird eingeführt, um eine Grenze zur physischen Realität zu markieren; innerhalb der Wolkenregion (wie in sagenumwobenen Feenreichen) vergeht die Zeit anders, so dass Edith, obwohl sie so schnell wie möglich losrennt (noch bevor die anderen den Monolithen überhaupt erreicht haben), auf dem Picknickplatz erst ankommt, als die Suche nach der McCraw schon eine Stunde in Gang ist. (Vermutlich ändert sich die Position der Astralgrenze, so dass Edith zunächst in der physischen Welt und dann im Astralbewusstsein läuft, bis die rosa Wolke vorbeizieht).

Das Spektakel von Korsetts, die ›in der Zeit feststecken‹, ist teilweise eine traumhafte Verwirrung zwischen Ereignisabläufen und der auf einem Stück Papier abgebildeten Raumzeit; aber ›Zeit‹ ist auch zu einem Namen für etwas Klebriges geworden, - wie das ›zähflüssige Meer‹, durch das sich Michael Fitzhubert im Traum auf der Suche nach Miranda durchkämpft (eigentlich eine Suche, um die Traumlandschaft wieder aufzuwecken).

Wie in anderen Träumen gibt es für das Gesehene und Gesagte mehrere Bedeutungen; die Korsetts könnten auch in der Zeit stecken bleiben, weil sie historisch gesehen eine kurzlebige Mode sind. Es würde uns auch nicht überraschen, wenn die McCraw erklärt hätte, dass ein Korsett dort bleibt, wo es ist, weil ein anderes Wort für Korsett ›bleiben‹ (Anmerkung: im englischen ›stays‹) ist; es gibt definitiv einen Rebus-Effekt in diesem Traum - als ob er Rätsel imitieren würde, bei denen ›hören‹ durch den Buchstaben ›h‹ mit einem Bild eines Ohrs dargestellt wird. (Möglicherweise bezeichneten ihre Schüler die McCraw als ›eine alte Krabbe‹). Ein Rebus-Modell erklärt das Gehirn voller Intelligenz und das Herz voller Verstand, das die McCraw zu erkennen vorgibt, und für das Loch, durch das die Ausflüglerinnen gehen werden, nachdem ihnen zuvor das wahre Loch, das positive Nichts des Buddhismus, gezeigt wurde: eine Aussage über die Realität und ein Vorzeichen der dritten Zeit.

Der Geist der McCraw hat sich lange Zeit nicht mit dem Egoismus, sondern mit der Welt der Formen beschäftigt; und ihre rein physische Form hat ihr so wenig bedeutet, dass sie bereitwillig den Weg für Marion und Miranda ebnet, indem sie sich in eine Krabbe verwandelt.

Sie folgen einer Schlange in ein Loch, dessen Saum mit ›gequetschten, herzförmigen Blättern‹ umrandet ist; der Rebus geht hier in die Freud'sche Symbolik über, als würde der Geburtskanal wieder betreten, um eine weitere Geburt in einer anderen Welt zu ermöglichen. Irma bleibt als ein Geschöpf aus Locken und Stickerei zurück, das die physische Welt als ›Zuhause‹ betrachtet (wohingegen Miranda jegliche Sorge oder Bedauern für die Freunde und Familie, die sie hinter sich lässt, verloren hat).

Der Felsbrocken stürzt über das Loch, das heißt, das Bewusstsein der Landschaft ist wieder in der wachen physischen Welt aufgetaucht und das virtuelle Sein ist in die Realität eingebrochen. Die Intervention von Michael Fitzhuberts hat dies getan. Irma und ihre Umgebung sind plötzlich wieder physisch, ebenso wie die Leichen von Miranda, Marion und der McCraw. Getreu dem Bild, das später von hysterischen Mädchen im College produziert wurde, liegen die verlorenen Menschen jetzt ›verwesend in einer schmutzigen Höhle‹ - einer Höhle, die sie nur im Traumzustand der Landschaft hätten betreten können. Die träumenden Ereignisse ersparen ihnen die von Priestley für die meisten von uns vorausgesagte Fegefeuerstrecke in Zeit zwei, ihr Übergang in die dritte Zeit war relativ schmerzlos.

Der Film und der veröffentlichte Roman von ›Picnic at Hanging Rock‹ sind in ihrer jetzigen Form vollständig; jedes erinnert auf unterschiedliche Weise an das australische Buschland und die seltsame Faszination des Felsens. Wie auch immer Kapitel achtzehn aussah, seine Veröffentlichung hätte seine eindringliche Qualität niemals mindern können. So wie es ist, trägt das Kapitel zur Mystik des Hanging Rock bei. Joan Lindsays ursprüngliche Absicht wird endlich enthüllt - aber ihre Intension war nicht, das Geheimnis aufzulösen.

Die Geographie des Picknicks wird geklärt, aber das Mysteriöse bleibt.

ANMERKUNGEN

1. Joan Lindsay, *Picnic at Hanging Rock*, Penguin, Harmondsworth, 1970, p. 106.
2. Lindsay, p. 39.
3. Lindsay, p. 38.
4. Lindsay, p. 39.
5. Lindsay, p. 64.
6. Lindsay, p. 66.
7. Quoted in J. B. Priestley, *Man and Time,* Aldus Books, London, 1964, p. 267.
8. Priestley, pp. 302-4.
9. Priestley, p. 302.

Oben: Picnic at the Hanging Rock Races, 1900 von V. Hood.
Unten: Eine Szene aus dem Film von Peter Weir, Picnic at Hanging Rock.

Oben: Samara Weaving, Madeleine Madden, Natalie Dormer und Lily Sullivan spielen die Hauptrollen in Picnic At Hanging Rock, der Fernsehserie 2018.
Unten: Rippon Lea, Victoria, diente 2018 als Kulisse

Oben: Hängender Felsen, Mount Macedon, Victoria.
Unten: Anne Lambert als Miranda in dem Film von Peter Weir.

www.ingramcontent.com/pod-product-compliance
Lightning Source LLC
Chambersburg PA
CBHW042146170626
46815CB00006BA/329